Agnes Günther

Von der Hexe,

die eine Heilige war

Agnes Günther: Von der Hexe, die eine Heilige war

Erstdruck: Marburg, Verlag der Christlichen Welt, 1913.

Neuausgabe
Herausgegeben von Karl-Maria Guth
Berlin 2016

Umschlaggestaltung von Thomas Schultz-Overhage unter Verwendung
des Bildes: Johann Jakob Wick, Hexenverbrennung, 1587

Gesetzt aus der Minion Pro, 11 pt

Verlag: Henricus - Edition Deutsche Klassik GmbH
Mörchinger Str. 33, 14169 Berlin, info@henricus-verlag.de
Druck: Libri Plureos GmbH, Friedensallee 273, 22763 Hamburg

ISBN 978-3-86199-805-1

Bibliografische Information der Deutschen Nationalbibliothek

Die Deutsche Nationalbibliothek verzeichnet diese Publikation in der
Deutschen Nationalbibliografie; detaillierte bibliografische Daten sind
im Internet über www.dnb.de abrufbar.

Vorwort

Am 16. Februar 1906, gerade fünf Jahre vor dem Tode der Dichterin, ist ein Schauspiel »Die Hexe« von Agnes Günther über eine Liebhaberbühne gegangen. Darin war ein Ausschnitt aus einem ursprünglich episch aufgefaßten Stoff dramatisch gestaltet. Aber bald darauf begann die Rückbildung dieses Stoffes ins Epische; die nachfolgenden Bruchstücke liegen auf dem Weg zur epischen Form, deren Vollendung der Verfasserin nicht mehr vergönnt war. Sie sind im Jahr 1906 in der »Christlichen Welt« erschienen, und obwohl sie keine Szenen aus dem Drama selbst wiedergeben, stehen sie diesem zeitlich doch so nahe, daß die dialogische Form in ihnen beibehalten ist.

Das Problem der »Heiligen« hat die Dichterin auch hier beschäftigt, wie sie in ihrem Werke »Die Heilige und ihr Narr« unter dem Schleier der Dichtung die Geschichte von der Reinigung der Seele erzählt hat. Die Freunde jenes Werkes werden auch zu diesem Büchlein greifen wollen; sie ahnen dann etwas von dem, was die Frühverstorbene noch zu sagen vermocht hätte. Jene schmerzdurchzitterten und doch so sieghaften Worte vom Leiden, dem starken Freudenwein der Ewigkeit, sind an ihrem Sarge auf sie selbst gedeutet worden. Nun gehen sie noch einmal aus und finden vielleicht da oder dort ein Herz, das sie trösten. Denn »Wie Gisela mit Leiden stritt« – das ist ein Stück aus der Herzensgeschichte der Menschheit.

Marburg, den 9. November 1913

Rudolf Günther

Was das Waldschloß erzählt

Ich wohne in einem Waldlande, in dem es viele alte Schlösser gibt. Keine Ruinen, das ist eben das Besondere, sie sind alle wohl erhalten und liebevoll gepflegt. Jedes dieser Schlösser hat viel erlebt – sie alle haben den Jammer des dreißigjährigen Krieges an sich vorüberrauschen hören – sie sahen ein kümmerliches deutsches Leben wieder erstehen – sie wissen viele, viele Geschichten, die alten Schlösser. Darum liebe ich sie auch so sehr.

Keines aber liebe ich mehr als ein vergessenes Waldschloß, das ich Schweigen nennen will. Es ist eine Burg mit Palas und Bergfried und äußerem und innerem Schloßhof. Im äußeren Schloßhof steht eine herrliche Linde, von einer Brustwehr umgeben, von der man hinunter sieht in grüne Täler und hinüber an blaue Waldberge. Auch ein Brünnlein singt dort sein eintöniges Lied. Die Linde ist sehr alt, gewiß dreihundert Jahre, sie rauscht so seltsam, diese Linde, die weiß auch Geschichten. Im innern Schloßhof ist eine schöne Pforte und darüber ein in Stein gehauenes Wappen. Von ihr aus führt eine Treppe in die oberen Stockwerke. An den geweißten Wänden hängen schwarzdunkle Bilder, mächtige Hirschgeweihe dräuen von jeder Wendung herunter. Oben ist ein Vorraum, in den die verschiedenen Türen münden. In der Mitte steigt dunkles Balkenwerk in die Höhe, das die Decke trägt. Um die dicken Holzsäulen geht ein Bänkchen. Da wartete wohl einmal Jemand.

Gleich die erste Türe, in die ich hineingehe – und ich gehe oft hinein, und am liebsten allein mit der Försterin, die das Schloß verwaltet, – führt in ein Schlafgemach. Alle, die das Bett sehen in dem vergessenen Waldschloß, staunen über diese Pracht der seidenen Vorhänge, an denen fleißige Hände Jahre lang gestickt haben müssen. Das Bett ist nun leer, aber die Försterin holt mir immer wieder eine gelbe, seidene Decke heraus, die sie in einer Lade aufbewahrt, und zeigt sie mir. Blasses Gelb ist die Decke, und mit weißen, seidenen

Ornamenten ist sie gestickt. Sie ist schon sehr alt, am Rande hat sie Löcher, aber in der Mitte sind ihre Farben frisch.

Wie kommt diese Decke in das einsame Waldschloß, in dem seit manchen Jahrhunderten die hohen Herren, die da jagen, nur eine Nacht schlafen, um am grauenden Morgen auf die Pürsch zu gehen? Ach könnt ich doch allein bleiben hier, eine Nacht nur, und hören, was sich die Wände erzählen, was die alte Diele kracht, was das Käuzlein draußen im Bergfried schreit. Kommt nicht ein Schritt die Treppe herauf? Wer wartete da draußen auf dem Bänkchen? Klingen nicht verlorene Lautentöne um das Balkenwerk? ... Immer wieder komme ich, es rauscht mir das Brünnlein, ich streiche mit verlangenden Händen über die gelbseidene Decke, durch das Epheugewirr am Fenster fällt goldenes Abendlicht auf das Himmelbett ... und ... da sehe ich ... ich sehe ein weißes Linnen über die verlassene Lagerstätte gebreitet – die gelbe Decke liegt wieder darauf. Auf den Kissen liegt ein goldener Kopf ... Ein Mädchen! Nie sah ich etwas Schöneres! Diese seltsamen blauen Augen! Diese dunklen Pupillen, die sich plötzlich weiten und deren Blick dann die Ferne durchdringen soll. Ich kenne die Augen, ich kenne den Blick. Warum ist denn das Mädchen so blaß? Ich sehe die zarten Hände auf der gelben Decke liegen. Es läuft ein roter Streifen um das Handgelenk, ein häßlicher roter Streifen, und doch! er gehört zu diesen Händen. –

Da ist wieder Alles verschwunden. Traurig gehe ich hinaus. Ach wie lang währt es, bis sie mir Alles erzählt haben, was sie wissen, diese grauen Wände, der kreischende Turmhahn, dieses Fenster, das über der Treppe mit den Geweihen ist. Die Linde rauscht: »Ich sah einen Reiter, im rasenden Ritt kommt er den Berg herauf, wen hält er vorne auf seinem Pferd? Ich sah einen goldenen Kopf, der wie eine gebrochene Blume herunterhängt. Ich sah den Reiter im Burghof absteigen, und vorsichtig trägt er in seinen Armen ein Mägdlein hinein zur Pforte. Ach es ist lang her – die große Eiche dort war noch ein kleines Bäumlein.« Mehr als zweihundert Jahre her ists dann, denk ich. Was war das für eine Zeit? Die schlimme, die bittere Zeit im deutschen Land, da überall die Scheiterhaufen rauchten und ein unsäglicher Jammer zum Himmel schrie – – die roten Streifen an der Hand, und die Augen, die in die Ferne sehen! Das war eine Hexe. Und der Reiter verbarg sie hier. Er flüchtete sie wohl. Drüben, zwei Stunden weit, ist eine kleine Residenz, dort liegen noch viele alte Papiere, die noch heute das Herz vor Entsetzen schlagen machen, wenn man in sie hineinsieht. Er sandte ihr die seidene Decke; für sie hing er die wunderbaren Vorhänge an das Holzwerk des Betthimmels.

Ich kann das Mädchen mit den goldenen Haaren um das weiße Gesicht nicht vergessen. Wenn ich Lilien sehe, denke ich an sie, aber weißer, viel weißer als die Blumenblätter war diese Haut, goldener, viel goldener als die Fäden im Lilienherzen waren diese Haare. Seidene Decke, du mußt die Geschichte wissen, der Lindenbaum sah sie nur kurz, – du brauner gedrehter Bettpfosten, du bist doch die ganze Zeit dabei gestanden! Hast du denn alles vergessen? Du hast so viel Zeit daran zu denken. Hast du denn je wieder so etwas Liebliches gesehen? Blieb denn kein Ton der Stimme, der Stimme, die zu den Augen und den Händen gehört, irgendwo hangen? Ich hörte doch auch die Lautenklänge um das Balkenwerk des Vorraums schweben – Geister von Klängen nur – doch ich kenne sie ja, – das ist eine alte Volksweise … »Es ist ein Schnitter, heißt der Tod – Freue dich, schöns Blümelein.« Es ist eine Männerstimme, die singt und die im Weinen erstirbt. Und dann höre ich noch eine Stimme von dem Lager aus – das muß ihre Stimme sein – ach das ist ja die süßeste Stimme der Welt! Und dann eine Altweiberstimme, freundliche Trostworte murmelnd.

Nun weiß ja jedes Eckchen zu erzählen, Nichts haben die vergessen, gar Nichts. So lang haben sie gewartet, bis sie es Jemand erzählen durften, was sie wissen. Jemand, der nicht nur hört, der auch sehen kann, wenn andere Leute nur das kahle Bett und die gelbe Decke sehen. Und die erzählen mir Alles. Jahre brauchen die dazu, denn nicht immer kann ich bei ihnen sitzen und ihnen zuhören. Sie erzählen mir die Geschichte vom Grafensohn und der Hexe. Von der Hexe, die eine Heilige war. Wie der Grafensohn die Hexe, die eine junge Gräfin und Waise gewesen sei, hieher geflüchtet habe. Wie er um die Wette ritt mit dem Tod, das sah ja die Linde. Wie sie da in langem, schwerem Siechtum gelegen sei, Niemand bei ihr als ein Kind und ein altes Weiblein, ein sehr liebes altes Weiblein, das sie gepflegt habe. Warum war sie denn so krank? Das denk ich mir nun schon, ich kenne ja das Gewölbe unter dem Schloß im Städtlein und die Dinge, die sie dort hatten, von denen habe ich auch schon gehört. Die können sie doch nicht alle auf diese zarte Blume losgelassen haben – das Weiblein schüttelt den Kopf: O nein, um eine halbe Stunde nur kam er zu spät. Also doch! Eine halbe Stunde kann lang sein, in einer halben Stunde kann ein Leben verdorben oder gerettet werden! – Das seltsamste Geheimnis wissen die Vorhänge. Sie sagen: Wie oft haben diese träumenden Augen, diese Augen, wie wir sie unter all den Vielen, die in Jahrhunderten an uns vorbeigingen, nie mehr erblickt haben – zu uns aufgesehen! In Jammer, in Seligkeit, in Staunen. Sehen die nach unsern Seidenfäden? Nein! so sieht man die herrlichsten Stickereien der Welt nicht an! Da sei ein Engel gestanden, der habe Leiden geheißen. Zu dem haben die Augen aufgesehen, daß es Allen manchmal geschaudert, aber immer ihre Seelen bewegt habe. Süßeres und Schauerlicheres habe es nie gegeben, als dieses Antlitz, wenn es aufgehoben gewesen sei zu dem Engel Leiden. Wie hieß sie denn, die Holdseligste? Weiß es vielleicht der krummblinde Spiegel an der Wand dort? Das Brünnlein unter dem Lindenbaum – es sagt ja immerfort, seit zweihundert Jahren, den holden Namen, und jetzt erst versteh ich, was es sagt: Gisela, Gisela, Gisela plätschert das Brünnlein. Und ich beuge mich darüber und trinke von seinem Wasser. Und dann sitze ich wieder an dem Bett –. Ich muß mich nur erwehren der Geschichten, die sie mir erzählen … Hier sind etliche.

Das himmlische Gloria

GISELA: Die liebe Frau Trost, die beste Frau Trost ... ich will ihr eine Geschichte erzählen, wie es einmal sein wird ... Wenn ich droben bin im himmlischen Garten, – der ist sehr groß, – so such ich mir am liebsten einen stillen Ort unter den Frühlingsbuchen ... Ganz maiengrün sind sie und es geht ein Weg hindurch, auf dem die Sommerfalter fliegen. Anemonen in Tausenden stehen da, und der Wind bringt zuweilen ein Klingen mit von den seligen Chören, sonst ists ganz still – und ein Bächlein mit schnellen silbernen Wellchen ist auch da, daß ich meine Füße hineinhängen kann ... Da sitz ich dann und wind mir ein Anemonenkränzchen und denk: Vielleicht kommt heute der Herr Jesus vorbei. Dann leg ich ihm mein Kränzchen auf den Weg. Es ist so still, daß mir beinah die Augen zufallen, und ich denk noch so halb im Traum: die müssen heute ein großes Fest da drüben haben, ich hör ja schon die Morgensterne. Die haben nämlich die Orgelpfeifen, jeder einen Ton. Auf einmal flattert was herbei ... es ist ein Himmelsbübchen, so zehn Jahr alt wars, wies kam. Lang ists noch nicht da, drum ists auch noch recht wild. Das sind mir immer die Liebsten, die erst gekommen sind. Gisela, ruft das Bübchen – wo steckst du denn ... hörst du denn nicht, daß sie drüben den großen Willkomm üben ... Und die heiligen Jungfrauen gehen alle schon hinaus ... die Dorothea fragt nach dir ... du sollst neben dem Herrn Jesus stehen. Nun nehm ich aber mein Anemonenkränzchen und schnell hinunter zur Pforte ... Die winken mir schon. Ich sage: Ja wer kommt denn, Dorothea? Denn so festlich ist es nicht immer ... Es sind richtig die Morgensterne da, für das große Gloria ... Die himmlischen Knaben – seit wir einen neuen Meister droben haben, singen die immer das: Ehre sei Gott in der Höhe. Und da stehen die Scharen von Stimmen, für den großen Willkomm. Und der Herr Jesus sagt: Gisela, stell dich daher, es kommt die Frau Trost. Und da kommt sie, die Frau Trost in ihrem grauwerkenen Kleid und dem frischen weißen Sonntagstüchlein – klein, grau, gebückt … Da fangen sie den großen Willkomm an: Kommet her, ihr Gesegneten des Herrn, ererbet das Reich, das euch bereitet ist von Anbeginn der Welt … Dann kommt das Gloria. Und ehe der ganze Chor mit den Harfenisten, den Violinen, dem Diskant der heiligen Jungfrauen, – die Patriarchen singen den Baß – anhebt … muß ich die Frau Trost bei der Hand nehmen, daß es ihr nicht zu viel wird. Das braust und tönt, das jauchzt und jubiliert, daß ein Menschenherz vor Wonne zerspränge. Es haltens auch nur die starken Seelen aus, besonders das Forte von den Morgensternen. Die kleinen, die engen Seelen, die vergingen davor, die läßt man so still hinauswischen.

FRAU TROST: Was du für Reden tust … Wird doch kein solcher Lebtag sein wegen einem alten Weib …

GISELA: Ein altes Weib! Frau Trost, es ist auch ein Jungbrunnen da, du kannst dich drin baden, wenn du willst. Tu's aber nicht so schnell – das mögen wir so gerne – wir, die Dorothea und ich, wenn wir mit sanften Händen über den müden Rücken streichen dürfen, der sich in so viel Nachtwachen gebückt hat. Und die hagern Hände wollen wir küssen, die sich bis auf die Knochen abgearbeitet haben in dem langen treuen Leben, so viel Kindlein gewickelt, so viel Sterbenden den letzten Schweiß von der Stirne gewischt …

Die furchtbarste Geschichte der Welt

FRAU TROST: Du hast geweint, du zitterst, wird es denn gar nicht besser?

GISELA: Leiden hat mir eine Geschichte erzählt.

FRAU TROST: Ach, Kind, du hast genug – mußt du dir denn auch noch Geschichten erzählen lassen ... gehts denn dir nicht schlecht genug ...

GISELA: Mir geht es gut, es ist mir noch immer gut gegangen ...

FRAU TROST: O, Kind!

GISELA: Die paar Stunden ...

FRAU TROST: Es sind jetzt Wochen ...

GISELA: Immer nur eine Minute auf einmal ... Es fällt immer ein Tropfen. Es sind ja Tränen, liebe Frau vom Trost, es sind Tränen ... Da liegt in einer trockenen Bucht ein kleines, leichtes Schifflein ... Nun rinnt der erste Tropfen hinunter – der ist noch Nichts. Das Schifflein liegt fest und ganz fern rauscht ein Meer ... Das Schifflein will sein Meer ... Nun kommt noch ein Tropfen, jede Minute fällt einer. Nun ists ein Rinnsal schon – und Tropfen auf Tropfen, jetzt ists ein kleines Seechen, das Schifflein hebt sich ... es fängt schon an, sich zu wiegen – fallt, fallt, ihr Tropfen ... es sind Wellchen – große Wellen ... hinaus fährt das Schifflein in sein Meer –.

FRAU TROST: Ist das die Geschichte ...

GISELA: Das ist nicht die Geschichte, die mir Leiden erzählt hat ... ist die denn traurig? Das Schifflein will doch in sein Meer, und es rauscht und braust schon mächtig, das Meer. Nein, das ist sie nicht ... Er hat sie mir auch nicht ganz erzählt. Es ist die furchtbarste Geschichte der Welt. Auch Leiden weiß sie nicht ganz ... Ich könnte sie auch nicht hören – ich hielts nicht aus. Er kann mir nur so Worte ins Ohr flüstern. Denk doch, die Sonne, die dabei war, als es geschah, hat es nicht mit ansehen können. Die hat sich doch in allen Blutlachen der Welt gespiegelt ... Mit den Flammen der Scheiterhaufen hat sie gespielt, die Sonne, verhungernden Kindlein am Weg hat sie noch in die brechenden Äuglein gesehen. – Aber da – da hat sie ihr Gesicht verstecken müssen.

FRAU TROST: Leiden soll dir keine Geschichten mehr erzählen ...

GISELA: Ich sag dirs ja, man kann sie nicht erzählen ... Leiden weiß sie auch nicht, nur Gott weiß sie – die Erde, die alte, auf der bald kein Plätzchen mehr ist, wo nicht eine Träne hingefallen ist, hat gezittert.

FRAU TROST: Kind, wie du weinst, o wie du weinst, so hast du noch nie geweint ...

GISELA: Ich muß dirs sagen, es zersprengt mir das Herz sonst ... ich kanns nicht allein aushalten. Heut Nacht, wie ich allein war, beugt Leiden sich über mich und flüstert mir ins Ohr: Siehst du den Herrn Jesus, wie er am Kreuze hängt? ... sag ich: Das hab ich schon oft gesehen, Leiden.

Leiden sagt: Du hasts noch nie gesehen. – Nie! Du hast seine armen blutenden Hände gesehen, die Pein um einen Tropfen Wasser. Du hast es gesehen, wie er herunter sieht auf sein armes Mutterherz mit dem treuen Johannes, du hasts gehört, wie er sagt: Vater, vergib ihnen, denn sie wissen nicht, was sie tun. – Aber Eins hast du nicht gesehen ... Er geht nun zu seinem Vater im Himmel und freut sich nicht. Zu seinem Vater im Himmel aus der Qual heraus – zu seinem Vater, durch die letzten Schleier hindurch, nun bald, und freut sich nicht ... Warum freut er sich denn nicht! Hat er sich denn nicht sein ganzes Leben darauf gefreut, wie er zu seinem Vater kommt und die Vielen mit ihm, die große Sünderin, der weise Nikodemus, der kleine Zachäus, das dünne Weiblein mit dem Kummergesichtlein und dem Scherflein in der Hand, die Ehebrecherin, die Maria, die ihm die letzte Liebe getan ... Viele, Viele ohne Zahl, das Waisenkind am Wege und der Cäsar in Rom, alle, alle die Mühseligen und Beladenen, die Einsamen, die stolzen Seelen, die lieben frohen Kinder mit ihren Palmenzweiglein. Ja, wo sind sie denn alle ... Er sieht sie nicht mehr. Er ist allein. Da unten steht die Mutter, die hat den großen Mutterschmerz, der treue Johannes, er starrt auf verlorene Hoffnungen.

Ja, darf er denn so allein kommen … er sollte sie doch alle mitbringen … Er ist allein und schon pocht der Tod mit seinem Hammer an sein Herz … Man kann sie nicht erzählen die Geschichte, Leiden weiß sie auch nicht, es ist noch ein Geheimnis dabei … Da hört er Stimmen neben sich … Häßliche Worte, die fallen nicht mehr hinein in den Becher, der ist randvoll … dann die andere Stimme: Gedenke an mich, wenn du in dein Reich kommst. Sagt der Herr Jesus: Heute wirst du mit mir im Paradiese sein … Jetzt ist er nicht mehr allein … Einen von den Allen bringt er mit. Und die Andern, Alle, Alle, die noch an dem Tränenmeer sitzen? … Da brach ihm das Herz.

Dann ist er hinaufgegangen zu seinem Vater. Aufrecht ging er und hinter ihm drein tragen die Engel den armen Menschen mit den zerbrochenen Gliedern. Da rührt ihn ein Engel an – er dreht sich um und sieht sie kommen, die Scharen, ein langer Zug … durch tausend Jahre geht er, und immer noch ziehen sie hinter ihm drein …

Wie Gisela mit Leiden stritt

GISELA: Leiden, das Käuzchen soll aufhören! Wie es schreit! Hörst dus denn nicht! Es geht mir durch Mark und Bein, wie es schreit. Leiden, kannst dus denn mit anhören! Kannst du es denn mit ansehen, wie ich mich winde!

Warum holst du mir den Schlaf nicht? Wie viel Nächte schon ist er nicht mehr zu dem Fenster hereingestiegen? Leiden, du willst ein Engel sein und da stehst du Nacht für Nacht, Stunde für Stunde und siehst mich daliegen.

Hast dus gehört, was die Försterin heute gesagt hat? Als das Fenster offen war, mußt dus gehört haben. Sie sagte: Ists denn noch immer nicht zu End da droben? Einem Stücklein Vieh gibt man eins vor den Kopf, das wäre auch das Beste, was man der tun könnte ...

Hörst du, Leiden, so muß ich daliegen wie ein armer, zertretener Schmetterling im Staub am Weg ... So bin ich geschändet ... das sagen sie von mir ...

Wars das Käuzlein, das so schrie, war ichs? Wars ein armes Tier, das an einem Pflock angekettet wimmert ... Das bin ich ... ich schrei ... ich ... Du, Leiden, schämst du dich nicht?

LEIDEN: Du mußt mich nicht an deinem Bette haben, wenn du nicht willst ...

GISELA: Du sagtest, du werdest mich nie verlassen.

LEIDEN: Ich bleibe auch bei dir, wenn du mich willst – doch du kannst zu mir sagen: Geh!

GISELA: Wie?

LEIDEN: Siehst du das kleine Scherlein dort? Es ist fein, schlank und spitzig ... auf dem Tischchen, sie habens da liegen lassen ... das Scherchen nimmst du in deine Hand, – dein Herz, es pocht, laut genug, du findest es, stoß zu, stoß fest zu. – Heut hast du noch die Kraft, morgen hast du sie vielleicht nicht mehr.

GISELA: Leiden?

LEIDEN: Du fürchtest den Schmerz nicht. – Was ist der kalte Stahl gegen die glühenden Dolche, die dich zerstechen, jede Minute. – Ich bleibe bei dir und halte dir den Kopf, bis es vorüber ist … So streck dich aus, ich streiche dir dein wirres Haar aus der Stirne … Nimm das Tuch zwischen deine Hände, daß keine Flecken kommen auf die seidene Decke, die Er dir geschickt hat. Hast du das Scherlein?

GISELA: Ich habs. –

LEIDEN: Es kommt ein Zucken, es kommt eine große Kühle, dein Kissen weicht unter dir – weg flieht der Schmerz – noch ein Schauder … Nacht …

Morgen früh finden sie dich. Sie jammern ein wenig. Die ist nun erlöst, sagen sie … Sie muß es im Fieber getan haben. Die grobe Magd, die du fürchtest, sagt: Sie hatte so wilde Augen gestern Nacht …

Dann ziehen sie dir dein silbernes Kleid an. Sie kämmen dir die goldenen Haare um deine schmalen Wangen, sie legen dir die blassen Hände unter die Brust – da wo der kleine Flecken ist.

Keine lauten Worte mehr um dich, leise Worte …

Das Kind bringt Blumen, weiße Rosen auf deine Kniee, weiße Rosen für dein Haupt. Du bist noch sehr schön, Gisela, jetzt bist du noch sehr schön.

Es kommt der alte Mann, dessen Geheimnis es ist, daß er dich liebt wie die Tochter und das einzige Weib der Welt zugleich. Er sagt: Sie hat nicht gewußt, was sie tat. – Laßt sie in Frieden, das Kind Gottes.

Dann ists still um dich. Durch die offenen Fenster weht ein Windlein und hebt dir die Haare von der Stirne. Dann kommt noch die Abendsonne und fällt auf dein silbernes Kleid, und dein Haar glänzt wie gesponnenes Gold. Es kommt die Nacht, stärker rauscht die Linde. Eine Nachtigall singt ihr süßes Lied …

Da kommt ein leiser Schritt die Treppe herauf … Er.

Da steht Er und sieht dich daliegen in deinem silbernen Kleid. Vielleicht küßt er deine Stirne, vielleicht fällt eine Träne auf deine

Hand – da wo der rote Streifen ist. – Vielleicht sagt er, wie in der Nacht der Schrecken: Holdseligste!

Dann tragen sie dich hinaus, nicht in den Garten, in dem die vielen Kreuze stehen, wo die Orgeltöne über die Fliederbüsche hinstreifen … Du mußt verborgen sein, auch im Tod. Sie tragen dich in den Wald, in den Eichenhain. Sie graben dir dort dein Grab. Der alte Mann spricht: Wir übergeben deinen Leib der Erde. Er steht da und sieht, wie der dunkle Waldboden auf deinen schmalen Sarg fällt. Dann lassen sie dich allein.

Über den Eichen rauscht der Sturm, rollt der Donner, es fällt der weiße Schnee.

Es kommen die silbernen Glöckchen wieder hervor. Er kommt manches Mal. Er sitzt an dem kleinen Rain, der schon übersponnen ist mit weichem Grün, er streicht über die schwanken Gräser mit seiner Hand. Ich habe dir Nichts, keinen Stein, der den Tannen und Buchen da sagen könnte: Hier ruht die Holdseligste.

Dann geht er fort und kommt wieder mit dem Kinde und sie stecken die weißen Knollen in den Boden, und im nächsten Jahr stehen die Lilien da – viele, viele. Ihr süßer Duft umstreicht den Hain, die Schmetterlinge umschlagen sie mit den Flügeln … der Wanderer, der vorüber geht, er sieht sie stehen im einsamen Wald, in weiße Seide und Gold gekleidet – herrliche Lieder Gottes. Er bricht sie nicht, er schauert – er wendet sich. Rings um dich her sind heilige, grüne Hallen, da fällt kein Schuß, da weidet das scheue Reh, da flüchtet es sich hin vor dem Gebell der Meute. Wenn der Schnee kommt, stecken da Kornbüschel für die hungernden Vöglein und Heu für das Wild.

GISELA: Leiden, das ist deine schönste Geschichte.

LEIDEN: Es ist auch meine letzte. Du schickst mich fort. –

GISELA: Wohin gehst du, wenn du von mir fort gehst …

LEIDEN: Zu Gott.

GISELA: Und ich?

LEIDEN: Du doch auch.

GISELA: Ich auch: Darf ich denn so kommen – mit meinem Scherlein?

LEIDEN: Du wolltest mit Dorotheas Kränzchen kommen, das hast du nun nicht. Aber wenn du auch mit deinem Scherlein kommen mußt – dort bist du doch. – Du bist sehr stolz, Gisela – es läuft dir eine Träne über deine Wangen. Denk, wie groß der himmlische Garten ist – du willst ja ein stilles Eckchen nur und die himmlischen Töne von ferne. Da kannst du doch sein, mit deinem Scherlein. Weißt du, die Dorothea lag doch nur kurz auf den glühenden Stäben – wie lange liegst du schon darauf – alle Nacht! Streich dir die Haare aus der Stirne, ich eile, tue es jetzt, schnell … ich muß zu Gott, ich muß wieder herunter … ich muß suchen …

GISELA: Was suchst du –

LEIDEN: Eine Seele für den starken Freudenwein der Ewigkeit. Ich wollte ihn dir geben, nur den allerkleinsten Tropfen daraus, aber du kannst es nicht ertragen. –

GISELA: Sag mir von dem starken Freudenwein der Ewigkeit.

LEIDEN: Du kennst mich nicht, Gisela, so viele Nächte ich auch schon an deinem Bette gestanden habe. – Meinen Namen habe ich dir noch nicht gesagt. Ich habe viele Brüder – überall gehen sie durch die Welt – ich heiße nicht nur Leiden.

GISELA: Sag mir deinen Namen.

LEIDEN: Du mußt ihn selbst finden. – Ich sage dir jetzt Geheimnisse. Ich flüstere sie dir ins Ohr, es sind nur Mädchenohren. Nur was die fassen können, hörst du. Ich bin der Engel, der den Kelch hat, aus dem Jesus trank. Er trank ihn bis zum Grunde. Ein ganz kleiner, kleiner Tropfen nur, ein winziges Tröpflein hing am Rande. Den wollte ich dir geben. Aber deine Seele trägt es doch nicht. Du erschauerst davon, ein halbes Kind noch …

GISELA: Gib mir den Tropfen! ich werf es hinweg, das Scherlein. –

LEIDEN: Ich sage dir Geheimnisse. Ich tränke dich, dich, mit dem starken Freudenwein der Ewigkeit. Weißt du, wer Ihn aufhielt, in der Nacht der Schrecken, daß er zu spät kam, eine halbe Stunde zu spät? Ich wars. Ich habe dir deinen Fuß auf das Kohlenbecken gedrückt, ich stieß dir deinen verbrannten Rücken auf das harte

Holz. – Du zitterst, deine Lippen sind weiß, er ist dir zu stark, der Tropfen.

GISELA: Warum, warum tatest *du* das?

LEIDEN: Weil ich deine Seele suchte, ich suchte sie für meinen Tropfen. Gisela, dich hab ich als Kind spielen sehen, du gingst so leicht über das Gras mit deinen kleinen, frohen Füßen, dir liefen die Tierlein zu, dir erblühten die holdesten Blumen von selbst. Ich hielt dich in der Einsamkeit. Ich stand schon neben dir, wie du noch ein Kind warst. Nicht viel Erdenstaub kam auf deine Seele. Den haben die Tränen, die du im roten Turm geweint hast, fast schon abgewischt. Warum denn für dich, du zarte Blume, alle Schrecken der Hölle? Alle Finsternisse? Das Riesenweib mit den erstorbenen Augen, die starren und nicht sehen, die Angst! der fürchterlichste von allen Dämonen, der das Blut in den Adern erstarren macht und das Herz klopfen macht wie einen Hammer … Den wilden Riesen Schmerz für deinen armen holden Leib … Warum denn das für dich – du Kind Gottes? du Gedanke Gottes! Sag nicht, ich bin schwarz, wenn du weißt, daß du lieblich bist.

Dich tränke ich mit dem starken Freudenwein der Ewigkeit. Du bist von der Auserwählten Schaar, die es tragen, das Leiden der Welt – das Leiden Gottes. – An ihren Schmerzen zieht Gott durch die Dunkelheiten die Menschen zu sich. Du darfst sie tragen helfen, die Ketten der Welt – durch dich kommt sie vorwärts, aus ihrem Jammer heraus, aus ihrem Sumpf heraus – von ihrem Tränenmeer hinweg. Ich habe nur einen ganz kleinen Tropfen für dich. Nur ein klein wenig darfst du sie heben, die Kette. Für die Andern, für Alle, du. Schon der eine Tropfen, er erfüllt deine Seele. Schrei mit dem Käuzchen um die Wette oder schweig und preß die Lippen zusammen …

Unten geht Er am Lindenbaum hin und her und ringt die Hände. Er hat ihn gehört den Schrei. Er ging ihm durch die Seele wie ein Schwert. Er hat ihn schon drüben am Walde gehört. Ist das das Käuzchen? Ist das die süßeste Stimme der Welt? Die Stimme, die ein Ton ist aus der himmlischen Harmonie? Nun ist sie nur noch ein Hauch von Weh. – Nun ist sie ein schrilles Zerreißen der Saiten … Aber immer ist es die süßeste Stimme der Welt. – Ja, wird Er denn noch einen Ort in seinem Hause dulden, wo das Stöhnen um die Säulen fährt? Wenn man ihm die armen Weiber und Mägdlein bringt, wird er nicht ihre Stricke lösen und ihre Tränen trocknen und sagen: Auch sie war eine Hexe … Und die liebe Frau Trost, erfindet sie nicht tausend Dinge, um deine armen Glieder dem Schmerz abzulisten? Die sagt sie Andern, die vererben sich … Der weise Mann, der an deinem Lager stand, wälzt er nicht Folianten, sinnt und grübelt und forscht, ob er nicht Kräfte fände, in Blume oder Stein oder Erz, daß er ihn dir daraus brauen könnte, den Trank Vergessenheit? Brauchst du den Trank Vergessenheit? Du hast mich, daß ich dir Nachts die Seele fülle mit dem starken Freudenwein der Ewigkeit.

GISELA: Bleib bei mir, Leiden!

LEIDEN: Du bist kein armer zertretener Schmetterling, im Staub am Weg. Du bist ein Schauspiel für Götter und Menschen … Ich hole dir den Schlaf und wenn ich bis zum Thron Gottes hinauf müßte.

Der Herrgottsnarr

GISELA: Ich bedank mich schön für das Tragen.

FÖRSTER: Wenn es nur der rechte Griff war, Gräfin Gisela.

GISELA: Gewiß, es war der rechte Griff …

FÖRSTER: Hat lang genug gedauert, bis ich den gelernt hab.

GISELA: Habt Ihr noch ein wenig Zeit, Förster, oder müßt Ihr in den Löwen? Ich möchte Euch Etwas fragen.

FÖRSTER: Hab wohl Zeit, muß auch nicht in den Löwen, wenngleich der Löwe auch sein Gutes hat. Man raucht so seine Pfeif, die Wirtin hat nichts dawider, wenn der Feldmann mit hereinkommt, das Mühlwerk, das mein Weib mit sich herum trägt, hör ich nimmer klappern.

GISELA: Den Feldmann könnt Ihr wohl mit herauf bringen. Setzt Euch doch.

FÖRSTER: Ich weiß, was gegen die schuldige Achtung geht. Ob zwar der Feldmann ein Ausbund von Hund ist, der sich da nichts zu Schulden kommen ließ …

GISELA: Ich möchte den Ausbund von Hund gern einmal sehen. Das muß einer sein! Wie der Herr, so sein Hund!

FÖRSTER: Ach halt so Wörtlein. Wenn mein Weib wollt einmal so ein Wörtlein in den Mund nehmen! Das wär ein Leben! Wüßte nicht, was ich auf der Herrgottswelt noch wünschen möcht! Seit Ihr da seid, Gräfin Gisela.

GISELA: Förster, einen Kavalier hat der Junggraf an Euch.

FÖRSTER: An mir! An so einem groben Waldmenschen! Ich hätt eben auch gern Kinder gehabt, wie andere Leut, so Flachsköpf umeinander, sieben wären mir noch zu wenig gewesen, alleweil hätt sollen eins in der Wiegen liegen!

GISELA: Darum habt Ihr mich auch so sanft getragen, wie eins von den Kleinen, die noch in der Wiegen liegen. Die sind die Liebsten, die Kleinen, mit den Augen so blau, so frisch noch vom Kinderbrünnlein. Förster, das gehört auch zu meinem Hexenjammer, daß mir Niemand so ein liebes Kind in den Arm geben will! Wie ich noch klein war, riefen die Mütter ihre Kindlein von mir hinweg – und gar in eine Wiege sehen! Nur die nicht hineingucken lassen mit ihren blauen Hexenaugen, sonst wird das Kind krank, hört ich die Weiber hinter mir sagen.

FÖRSTER: Ach zu Eurem Hexenjammer gehört Viel! Wenn Ihr davon anfangen wollt, so müßt ich eben doch einmal nach dem Löwen sehen.

GISELA: Ich rede nicht davon, nein. Wenn es mir möglich ist. Ach ich wollte Euch ja Etwas fragen. –

FÖRSTER: Ists ein langer Jammer oder ein kurzer? Ein kurzer, wenn es einen gäb, wär mir schier lieber, als so der Gang nach dem Löwen – durch den Regen, die schwätzen dort immer das Gleiche.

GISELA: Es wird ein ganz kurzer Jammer nur. Mir träumte, ich sei wieder … Gräfin.

FÖRSTER: Das seid Ihr doch immer noch?

GISELA: Förster, Ihr vergeßt, von wo ich hieher gekommen bin. Von dem Gewölb, unter dem Schloß Brauneck.

FÖRSTER: Eine halbe Nacht seid Ihr dort gewesen!

GISELA: Wer dort hineingegangen ist und hätt auch vorher ein Grafenkrönlein auf dem Kopfe gehabt, wenn er herauskommt, hat er es wohl nicht mehr. Es fiel in den Schmutz … ich möchte mich nicht mehr darnach bücken.

FÖRSTER: Seid Ihr aber stolz, Gräfin Gisela.

GISELA: Ach ich bin wohl stolz und hab gar keinen Grund dazu! Worauf könnten so Hexen mit Brandwunden denn stolz sein. – Nein, Förster, noch nicht in den Löwen … ist gleich vorbei … Mir wars, ich sei Gräfin und nun wollte ich gern den Armen etwas geben und sie wollten es doch nicht von der Hexe nehmen. Da gab mir ein Engel einen Laib Brot und sagte: Gib es denen, es ist das ewige Brot. Da stand ich an der Schloßpforte und viele arme und gebückte Weiblein gingen vorbei, ich bot ihnen mein Brot an, ach sie schüttelten den Kopf, ich bat: Ach nehmt es doch, ich geb es euch so gerne. Da kam ein Weib vorbei, so hungrig, wie die aussah, die griff mit einem scheuen Blick nach meinem Laib und verbarg ihn unter ihrem Schurz.

FÖRSTER: Das Traumweib da ist aus dem Fränkischen gewesen, die stecken alles unter ihren Schurz.

GISELA: Und dann war es seltsam! Ich hatte wieder einen Laib in der Hand und so oft ich auch hergab, immer wieder wuchs mir das Brot in der Hand. Und wie Viele zogen da an mir vorbei! Alle nahmen, keine dankte, wie war ich so glücklich! Könnt es denn Etwas geben, wie das ewige Brot, Förster?

FÖRSTER: Ja was könnt das wohl sein? – das ewige Brot? Könnts so etwas geben? Vielleicht. Will doch den Junggrafen fragen … Wird wohl heute Nacht herüber reiten.

GISELA: Es regnet so, so schön regnet es! Hört Ihrs, wie die Tropfen auf den Lindenblättern aufschlagen, als gingen Kinderfüßchen darüber. Und die Rinne da, man sollte sie kaum kennen, die hat ein Bächlein, so plätschert sie! Nun kommt auch ein Bächlein zu mir. Ich liebe sie so, die Bächlein. Förster, mit der Rinne habe ich beinah gestritten.

FÖRSTER: Mit der Rinne?

GISELA: Die tropfte. Und da fallen wohl die Tropfen auf ein Vordach. Und das hör ich und konnte nicht schlafen. Dann manchmal tropfte sie nicht und beinah schlief ich ein und dann fing sie wieder an. Förster, Ihr geht im Wald herum und kommt Abends müde heim, da wißt Ihr nicht wie das ist – so auf Rinnen hören. Und Schloß Schweigen ist ja das herrlichste Schloß der Welt, ich möchte gar nirgends lieber sein, eine Linde rauscht mir, von den Waldbergen kommt süße Regenluft, eine Rinne tropft mir …

FÖRSTER: Mit der hattet Ihr ja Streit.

GISELA: Ja, ich dachte, es wäre wirklich das liebste Schloß der Welt. Nur die Rinne wäre ein Fehler … es könnt eben nichts vollkommen sein …

FÖRSTER: Wüßt noch einen …

GISELA: Da horchte ich auf die Rinne, ob die mich wohl nur weckte, weil sie mir Etwas sagen wollte. Da erzählte die mir eine Geschichte von Tropfen, Tropfen, einem Schifflein, einem Rinnsal, Strom und Meer.

FÖRSTER: Kenn sie auch, will aber doch nach der Rinne sehen … Ja und sonst hätts keinen Fehler mehr, das Gespensterschloß? Fräulein Gisela, das mit den Gespenstern, da ist auch ein Vorteil dabei. Ihr fürchtet Euch nicht, ich fürcht mich nicht, das Kind hats Fürchten auch schon bald verlernt. Aber mein Weib traut sich nicht im Finstern all die Gäng herauf. Tät sonst schon lang horchen da außen und nachher Redensarten machen … das Schlarrmaul!

GISELA: Förster!

FÖRSTER: Weiß wohl, Gräfin Gisela, sollt nicht so Sachen sagen. Kommt davon, wenn man einen Waldmenschen in die Stube zum Fräulein hereinläßt. Wird ihm zu wohl dem Esel, geht aufs Eis und bricht das Bein.

GISELA: Das nächste Mal müßt Ihr den Feldmann mit bringen.

FÖRSTER: Wär dem auch zu wohl, dem alten Vieh! Wollt Euch angucken, der sieht gleich, wo was zu sehen ist. Und Vorderpfoten herauf, Maulaufreißen und lachen! Und ein Flecken wär auf der gelben Decke.

GISELA: Der Feldmann! Ich muß den sehen; und lachen kann er auch! Dort auf der Matte kann er liegen, oder lacht er da nicht?

FÖRSTER: Lächern kanns ihn schon. Wißt Ihr, so die Lefzen über die hinteren Zähne hinauf ziehen. Zum Lachen reißt er gleich das ganze Maul auf.

GISELA: Dann wollen wir ihn einmal lächeln lassen, den Feldmann. Gibt es da Dinge in dem Schloß Schweigen! Erzählt das doch dem Junggrafen.

FÖRSTER: Weiß der schon lang, sagt jedesmal: Komm, lach auch, Feldmann … nicht wie die im Löwen. Und der Feldmann tuts.

GISELA: Im Löwen, da verstehen sie wohl den Feldmann nicht so, aber der Junggraf, der versteht ihn.

FÖRSTER: Dem hängt eben auch so Narrenwerk herunter! Hat der alt Graf mit dem schon Nöten gehabt, mit dem seinem Narrenwerk. Von Kind auf hat ers getrieben. Schläg soll er bekommen haben, mehr als genug. Der Herr Hofprediger soll ihn einmal aus der Kinderlehre gejagt haben. In Straßburg hätten die gelehrten Herren gesagt, der Junggraf könnt seinem Kopf nach zu allen Ehren kommen, die sie zu vergeben hätten, wenn er nicht so viel Allotria, sagten sie, betreiben wollte. Wie sie auch sagten, Narrenwerk haben sie gemeint.

GISELA: Ich kenn sein Narrenwerk! Fremde Hexen, die er nie gesehen hat und die sich an ihn kletten könnten und ihm sein ganzes Leben verderben, aus Gewölben tragen.

FÖRSTER *schlägt sich auf den Schenkel*: Von seines Vaters Gericht hinweg! Nach vier Stunden schon, durch den Erdboden durch! War sein feinster Streich! Kaum seid Ihr in dem Gewölb, so reitet er herüber. Mich hat er schwören lassen, daß ich Nichts verrate, ist mir nicht leicht angekommen! Hinter meines Herren Rücken! Dreht mir mit drei Worten und Eurem Hexenjammer das Herz im Leib herum ... die Stuben angesehen, Alles befohlen, wies gemacht würd, Nichts vergessen – nicht daß das Bett gleich aufgeschichtet würd, daß ein Rosenstrauß aufs Tischlein käme, ein Imbiß bereit, fort hinüber die zwei Stund, sein Pferd strauchelt unter ihm, lahmt, daß er eine halbe Stunde verlieren muß und wieder hier mit Euch in derselben Nacht und vor Morgen wieder zurück. Wundert mich nur eins, stark wundert michs, daß der alte Graf es nicht gleich gewußt hat, wer Euch fortgebracht.

GISELA: Eine halbe Stunde kam er zu spät. Es geht viel in eine halbe Stunde.

FÖRSTER: Da geht Viel hinein! Was da Jammer hineingeht, und ein Leiden hineingeht, das hat man in den Wochen jetzt gesehen.

GISELA: Es war auch gut so. Er kam doch.

FÖRSTER: Das konnt er nicht wissen, was Ihr da ausgestanden habt, in seinem festen Arm.

GISELA: Darf es auch nicht wissen, nie, Förster – nie. Er sah es ja nicht. Ich schlug seinen Mantel um mich, die Laterne fiel um, er sah nur die roten Streifen –. Er soll auch noch nicht herein kommen. Gebt mir das Spieglein – Ach da ist noch eine Schrift ...

FÖRSTER: So an den Schläfen –. Das schöne Lächeln.

GISELA: Ich werde doch auch können, was Euer Feldmann kann …

FÖRSTER: Aber lachen! Das brächt der Jung Herr fertig! Und wenn Ihr an einem Hexenjammer wäret, er brächt es fertig.

GISELA: Glaubt Ihr das, Förster! Ich möcht ihn wohl sehr gerne sehen. Ach so gerne!

FÖRSTER: Kann nicht sein, Gräfin Gisela. Kommt schon noch! Kommt alles mit der Zeit, wenn man weiß, wohin der Weg mit Euch geht …

GISELA: Frau Trost meint, leben würd ich wieder –.

FÖRSTER: Das wär! Das wär!

GISELA: Ihr glaubt es noch nicht? Von Gehen, daß ich wieder gehen könnte, sagt sie aber Nichts.

FÖRSTER: Von Gehen Nichts. Ist das ein Jammer, ein Hexenjammer!

GISELA: Nein das ist keiner, noch lange keiner, es gehen viel arme Menschen an Krücken –.

FÖRSTER: Ihr an Krücken?

GISELA: Gefällt mir auch nicht, Förster, ich wüßte Nichts, was mich schwerer ankäm! So wie ich eben bin, stolz, wißt Ihr, stolz. Aber man könnte doch selbst zu einem Glase Wasser kommen, nicht Andere um Alles plagen müssen. Vielleicht auch im Schloßhof herumklappern. Kommt man Treppen herunter mit Krücken?

FÖRSTER: Ich trag Euch die Treppen.

GISELA: Ich dank Euch! Macht das Viel aus, wenn Ihr mich bis zur Brustwehr tragt?

FÖRSTER: Ich trüg Euch bis nach Rom, wenns sein müßt und meine Alte mir nicht nachkäm! Warum denn nicht!

GISELA: Nur bis zur Brustwehr. Da könnte ich mit der Hand in Lindenzweige greifen, da wüchse ein feines Gräslein zwischen den Ritzen des grauen Steinwerks, da säh ich hinüber zu den Waldbergen. Vielleicht könnte ich ein rotes Felsennelklein erhaschen; wenn nicht, so freute ich mich doch daran. Ich brauche keine klappernden Krücken, so glücklich wär ich, bin ich. Das Schloß Schweigen, altes graues Geisterschloß … Oder brauch ich doch Krücken! Könnt ich damit zur Nachbarin und ihrem kranken Kind kommen?

FÖRSTER: Nein, Fräulein Gisela, das ist gegen die Instruktion, die ich von dem Jung Herren empfangen hab: Niemand sehen lassen, was er da für …

GISELA: Eine arme Hexe hat. Also brauch ich keine Krücken. Ich betrübe mich nicht mehr damit. Ach wißt Ihr nicht noch eine Geschichte von so Narrenwerk und dem Junggrafen? Einmal habe ich es ja gehört. In der Nacht der Schrecken!

FÖRSTER: Auch da noch Narrenwerk! Das macht ihm keiner nach. Er wußte eben nicht, in welchen Leiden Ihr waret.

GISELA: O doch. Zuerst nicht. Da preßte ich noch die Lippen zusammen … Nichts merken lassen … ich schämte mich so. An dem verbrannten Fuß, an dem Gewölbe, an den Streifen an meinen Händen. Nur die hat er gesehen. Ach und da fing das Narrenwerk an. Wie die Gespenster flogen wir dahin. Und er immer seine Lippen an meinem Kopf und so Worte, so Narrenworte. Wie die Streifen wieder heil würden, daß man sie gar nicht sähe und wie es Perlenarmbänder gäbe und wie die Damen an des Kaisers Hof in Wien sich rote Streifen an die Hände malen ließen, weil es so Mode würde, wenn sie mich sähen. Und ich müßte keine Angst haben, es gehe jetzt nicht gleich nach Wien, nur nach einem Schloß Schweigen, wo kein Mensch hinkomme, oder je hingekommen wäre, weil es hundert Geister dort gäbe. Mir täten sie aber Nichts, denn es sei ein älterer Kavalier dort, der sich als Förster verkleide, und der würde mich vor allen Geistern beschützen.

FÖRSTER: So! hat er das gesagt: Kavalier! Ja, der weiß Narrenwort!

GISELA: Dann wurde er still, dachte vielleicht, er dürfte nicht mehr mit mir reden, weil ich keine Antwort gab. Ach! Dann habe ich ihn betrübt … Wie ich die Stimme nicht mehr hörte und nur den festen Arm um meinen verbrannten Rücken fühlte, und das Dahinrasen und das Stoßen von den Hufen des Pferdes durch meinen Leib hindurch …, Förster, wenn man an Schmerz sterben könnte, so wär ich gestorben.

FÖRSTER: Um ein Haar wärs so gegangen.

GISELA: Und ich hörte die Stimme nicht mehr, da wirbelte mir der Kopf von dem Dahinfliegen, da meint ich, ich sei wieder in dem Gewölb und da sei diesmal kein Weib, sondern ein Mann an mir und stieße mich auf eine Leiter, solche Dinge, die sie in der schrecklichen Kammer dort haben.

FÖRSTER: O du Hexenjammer!

GISELA: Schon vorbei. Ach sagte ich, bist du nicht der schöne Jüngling Tod? Der wollte mich unter die Sterne bringen, warum stößt mich der Henker denn immer wieder auf die Leiter? Da hielt er das Pferd an, da fiel der Mond in sein Gesicht –, da war es wieder der schöne Jüngling Tod, und Mond, und süße Waldeslüfte. Da sah ich auch, daß ich ihn betrübt hatte: Ach verzeih, schöner Jüngling Tod; rede doch mit mir, nur ein Wörtlein! Daß ich dich kenne und dich nicht mehr betrübe. Da war mirs, als weinte irgendwo ein Kind … ein Knabe, ganz hell weinte der … Jemand sprach von krähenden Hähnen. Jemand sollte mir Wasser holen. Das ist eine Pein! Um einen Tropfen Wasser … Man gibt den Hexen nicht gern Wasser … Lieber verschütten … Laßt sie jetzt noch liegen … Der, dem sie gehört, wird sie sich schon holen – das war wohl der Knappe, der das sagte. Wer war es denn, der so weinte!

FÖRSTER: Der Junggraf wars. So hat der geweint da unter dem Lindenbaum, wie er Euch hat schreien hören.

GISELA: Ich schreie nie mehr. Warum war ich so ungeduldig! Dann gab mir der Knappe doch das Wasser …

FÖRSTER: Und Ihr hättet gesagt: Das hast du dem Herrn Jesus getan. Der ritt jetzt um die Welt für Euch, in Stücke hauen ließ er sich für Euch. Und wenn die eine Hexe ist, will ich mit der in die Hölle fahren, wo die hinkommt, dorthin! Wär aber ein viel zu guter Platz für ihn, meint er.

GISELA: Und dann ritten wir wieder, und wieder die Lippen an meinem Kopf und leise Worte … Narrenworte. Er sei nicht der schöne Jüngling Tod, aber der ritte hinter ihm, ich solle nur keine

Angst haben. Wenn es durchaus der Jüngling Tod sein müsse – der ritte hinten … er höre die Hufe seines Pferdes hinten aufschlagen. Und wie leid es ihm wäre, daß er nur ein närrischer Grafensohn sei, denn mit dem Jüngling Tod wäre ein feineres Reiten. Der hätte keinen harten Arm, einen weichen Flügel hätte der, und keinen immer heruntergleitenden Mantel, einen dunkeln weichen Schleier, da hüllte er mich darin ein und flöge mit mir über alle Feldwege und stolprige Baumwurzeln hinweg, hinauf durch die weißen Nachtnebel zu goldenen Sternen, in Christi Garten hinein, mitten hinein, wo es am schönsten ist, und legte mich in ein Bett von roten Rosenblättern und meinen armen Kopf auf ein Kissen von weißen Rosen, und in jeder Rose sei immer ein Perlentröpfchen. Und darüber neigten sich Hollunderzweige voll mit Blüten und da säßen Nachtigallen darauf und sängen die schönsten Lieder der Welt. Und in allen Liedern käme Etwas vor von Mägdlein mit goldenen Haaren, die noch lächeln könnten und Verzeih! sagen, wenn sie wilde Männer auf Leitern stießen. Und von Mägdlein, die auf hartem Schragen lägen, schneeweiß und so vertrauende Hände ausstrecken nach Söhnen von Mördern, die da herein kämen. Und nicht einen Augenblick denken, die kämen, um sich an ihrem Jammer zu weiden. Gleich wüßten die Paradiesesmägdlein, daß der Sohn des Mörders komme, um sie zu retten. Und nicht weinen würden die Mägdlein und nicht jammern und sich fürchten, und das sängen Alles die Nachtigallen …

Ach und noch viel mehr! Kein Wort hab ich vergessen, keines. Förster, versprecht mir, wenn ich tot bin, so sagt ihm, ich hätte keines vergessen. Und jedes Wort hielte ich in meinem Herzen wie seine Paradiesesrosen die Perlentröpfchen. Und dann ging es weiter von Mördern und Kinderquälern und die müßten nicht in die Hölle hinunter. O nein! Auf wilden Pferden müßten die reiten, auf Feldwegen, über Baumwurzeln reiten bis zum jüngsten Tag. Aber nicht so stolz wie wir, ein ganz Schlimmer hielte die in einem feurigen Arm. Und wenn es vergessen würde, daß da Steine wären, worauf die Hufe auch einmal ausgleiten könnten, so wolle er es dem ganz Schlimmen schon sagen … Nein, es geschähe auch denen Nichts! Vielleicht habe ich gerufen: Nicht weh tun: keinen feurigen Arm denen – denn so ein feuriger Arm, ach das wußte ich, wie das sei. Nein … auch die nicht, weil ich für sie gebetet hätte, so kämen sie los und kämen alle in ein frisches Bett. Zwar nicht auf Rosenblättern, denn Christi Garten wäre Nichts für die, aber doch ein weißes Bett. Und der Jüngling Tod sei nicht nachgekommen, so schnell seien wir geritten; der sitze gewiß bald auf der Linde dort und singe mir Lieder … wieder von Mägdlein, und wenn er am allerschönsten Lied sei, so schlafe ich darüber ein. Niemand könne einen so schön in Schlaf singen wie der Jüngling Tod. Und mir sänge er die schönsten Lieder, alle von Christi Garten!

Da hatte er mich schon auf dies Bett gelegt hier. Und nun müsse er gehen, weil ich schlafen sollte und ganz still liegen und auf die schönen Lieder horchen, und wenn ich noch mit Christi Garten – der sei mir doch sicher – warten wolle, bis er wieder käme, so wäre es das Schönste, was ich tun könnte – weil es das Schwerste sei. Und die schweren Dinge, da sei immer am meisten Ehr dabei; und das wäre, was sich für eine Hohenstaufenenkelin geziemte. Und es gehöre mir das Schloß mit Allem, was darin sei, dem Kavalier, der sich als Förster verkleide und in einer Friesjacke herumlaufe, mit den Geistern, und mit Allem könnte ich tun, was ich wollte. Ach und nun warte ich immer noch! Und wenn ich zu krank war, ihn zu sehen, nun bin ichs nicht mehr.

FÖRSTER: Kann nicht sein … Bin dem alten Grafen auch Etwas schuldig …

GISELA: Was würd ich dem Grafen damit antun?

FÖRSTER: Gräfin Gisela, ich erzähl Euch noch eine Geschichte von so Narrenwerk.

GISELA: Förster, ich dank Euch, ist das schön, schier so schön wie im Löwen, wenn jetzt noch der Feldmann dabei wär!

FÖRSTER: Kommt morgen mit … soll Euch auch sehen! Der Leibjäger hat mir die Geschichte erzählt, da bei der Treibjagd, wo der Herzog dabei war. Da habe der Junggraf in Straßburg Schulden gemacht

– so gar viel sei es gerade nicht gewesen, aber es habe den alten Herrn gewurmt, daß es nicht Kavaliersschulden waren, sondern wieder Narrenschulden. So sei denn der Graf nach Straßburg geritten, mit dem Leibjäger und noch zwei Andern, denn sie hätten Geld bei sich gehabt. Und in Straßburg habe der alt Herr dem Jungen den Kopf gewaschen, man hätt nicht zu horchen brauchen, man hätts auch so gehört. Der junge Herr habe nicht einmal viel gesagt – recht degenmäßig sei er gewesen. Zuletzt habe es schier Krach gegeben … nur der alte Herr! Da habe der junge Herr auf einmal wieder angefangen und gesagt … Du brauchst mich gar nicht zu verhalten, ich bringe mich schon selber durch. Der alt Herr: Mit was denn? Mit was! Mit Narrenwerk! Das kannst du, und sonst nichts … Du mit deinem ewig hungrigen Leib, keinen Tag bringst du dich durch! – Ich kann singen, Vater. – Dann geh und sing vor der Leute Häuser und sieh, ob die dir ein Stüberlein hinauswerfen.

Der Jung Herr fliegt zur Kammer hinaus – halb mit Willen – halb hat der alt Herr geholfen und geht fort. Und der alt Herr im höchsten Zorn zu den Professores und will hören, was die über seinen Sohn sagen. Der Jung Herr zu einem Freund, der ein armer Gottesgelehrter gewesen sei und ein altes, verschlissenes, graues Habit gehabt habe, – das angezogen, eine alte Pudelmütze über den Kopf, das Gesicht mit Ruß verschmiert, die eine Schulter hoch mit Werg verstopft wie einen Buckel, und über sein eines Auge ein schwarzes Flecklein gehängt an einem Bändlein, als ob er einäugig sei. Dann nimmt er seine Laute und geht fort, kein Mensch hätt ihn mehr gekannt. Sein Freund hinter ihm drein, trägt er ein Beutelein und der Jung Herr singt. Und wenn der singt, dem gäb mein Weib etwas, wenn er ihr singen wollt.

GISELA: Ich kann auch singen, Förster, schön kann ich singen … ich sing auch noch einmal ein Lied …

FÖRSTER: Zuletzt seien sie an das große Gasthaus gekommen, wo die vornehmen Herren und auch der alte Graf gerade bei Tisch saßen. Da habe der junge Herr unten angefangen – der Leibjäger stand hinter des Grafen Stuhl – zu singen: Es steht ein Baum im Odenwald, ... da sei dem alten Herren eine Lohe übers Gesicht geschlagen, daß es dem Leibjäger Angst geworden sei –. Und einer der andern Herren aufgestanden und gesagt ... Da singt aber einer – so hab ich noch nichts gehört. Da fragen die Andern: Wer ists denn? Der alt Herr rührt sich nicht. Da ruft der: Ein einäugiger Bettelmann, ein gar so schreckhafter Mensch, die edlen Frauen sollten nicht hinausschauen! – Darauf alle Damen ans Fenster und die Herren und der alt Herr auch, denn der war wieder vergnügt. Und unten so ein Gesang und sonst Stille. Und wie es zuletzt kommt – »da fällt der Schnee so kalt, so kalt, das Herz es mir zerreißt« – da laufen dem alten Herren die Tränen herunter, er langt in seinen Beutel und wirft dem Bettler eine Golddublon hinunter. Der macht einen Diener, bückt sich nach dem Goldstück und drückt es sich ans Herz und will davon gehen. Da werfen auch die Andern Geld hinunter und die Frauen und die Fräulein wollen auch ein Lied. Da sang er denen das Lied von den zwei gefangenen Soldaten –. Sie wurden gefangen geführt ... keine Trommel ward um sie gerührt ... im ganzen römischen Reich ... Und wie er zu dem Vers kam – wo es heißt ... du liebster Herzgefangener mein! da haben die Frauen ihre Ringe losgemacht und Haarpfeile heraus und haben sie heruntergeworfen. Der Einaug bückt sich nach Nichts, läßt Alles liegen, nur das Goldstück von unserem Herrn hat er genommen. Der arme Freund hat Alles zusammengelesen. Der Einaug macht noch eine Reverenz, daß wieder dem Grafen eine Lohe übers Gesicht schlägt und geht hinaus zum Hofe, der Andere mit dem dicken Beutel hintendrein. Da ging der Graf in seine Stube und bald kommt auch der Junge die Treppe heraufgeflogen. Wie er das so macht – so in drei Sätzen – wieder schön angetan.

GISELA: Ach kein Mensch kann so Treppen herauf kommen, daß man es gleich weiß: Nun kommt das Leben, die Freude kommt, das schöne Lachen kommt. Man kann auch anders die Treppen herauf kommen.

FÖRSTER: Der Jungherr sagt: Vater, du hast Recht gehabt ... ich hab Hunger, ich habe mich nicht durchbringen können, laß schnell Essen kommen. So, sagt der alt Herr, hast dich nicht durchbringen können? Mit Musik nicht? Auch mit schönen Liedern nicht? Nein, sagt der Jungherr, nur das hab ich wiedergebracht und legt eine Golddublon auf den Tisch. Du hast heute gesagt: die letzte Rechnung, die war ein Golddublon, die schlüge dem Faß den Boden aus. Tat sie auch! »Vor Kurkosten vor des Barbiers Enkelkind, wegen einem krummen Fuß.« Könnt nicht der Barbier auch eine Schwiegermutter haben und die einen Leibschaden oder eine Bas mit einem Kropf? und muß ich der Straßburger Spittelvogt sein, mit meinem schmalen Braunecker Geldbeutel? Das sähe er auch ein, meint der Jungherr, und deshalb hab er auch die Dublon wieder gebracht. Und das Andere! schreit der alte Graf ... Der Jungherr: Habs einstweilen versorgt ... auch die Ringlein, von den viel holden Frauen. Von denen studiert der Magister Renner noch ein Semester aufs Geistliche, und die Stüber, und was so Sach war, die habe ich bei dem Manne liegen lassen, dessen Haus gestern Nacht abgebrannt ist. Du kannst sie dort holen lassen, Vater. Den Teufel will ich sie dort holen lassen, die Bettelgroschen, schreit der alt Herr, du Herrgottsnarr, du!

GISELA *leise*: Du Herrgottsnarr, du!

Das ewige Brot

GISELA: Gute Nacht, Trostblümlein.

ENGELA: Gute Nacht, Prinzessin. Da reitet der junge Graf in den Schloßhof! Ach das wäre die schönste Geschichte, wie mir meine Großmutter noch keine erzählt hat! Von der Hexe und dem Grafensohn! Und das Gewölb – so schauerlich. Und dann kommt das Geisterschloß und daß die Prinzessin auch noch verwunschen ist.

GISELA: Verwunschen!

ENGELA: Ja! der Engel Leiden! Vor gar Nichts mehr fürchte ich mich in dem Spukschloß, seit Ihr mir gesagt habt, das schreckliche Klopfen wäre eine Rinne und ein Blech. Aber vor dem Engel Leiden fürcht ich mich! Wenn Ihr mit dem redet ...

GISELA: Das hörst du?

ENGELA: Jetzt nicht mehr! Aber wie Ihr im Fieber waret! Und Ihr seht schön aus wie Nichts in der Welt und schauerlich wie Nichts in der Welt.

GISELA: Da würdest du dich am meisten vor mir fürchten! Du Armes ...

ENGELA: Und hör ich auch gar Nichts, so seh ich es Euch doch am Morgen an ... Der Engel Leiden war wieder da!

GISELA: Wie siehst du mir das an ...

ENGELA: So an den Augen, so ein blaues Leuchten!

GISELA: Da brauchst du dich nicht davor zu fürchten! Gib das Fürchten auf, Engela, kommt nichts dabei heraus, als daß man Kummer hat.

ENGELA: Die Geschichte wär schön, so zum gruseln und sich daran freuen, und so recht rührend wär sie auch, wie es sein muß – aber einen Fehler hat sie doch!

GISELA: Daß man nicht weiß, wie sie weitergeht! Und du erlebst sie, die Geschichte! Bis zu Ende erlebst du sie, ich versprech dirs, bis zu Ende.

ENGELA: Alle Geschichten müssen so ausgehen: und sie fuhren zur Hochzeit in goldener Kutsche, und wenn sie nicht gestorben sind, so leben sie heute noch.

GISELA: Es muß auch einmal eine neue Geschichte geben.

ENGELA: Es darf kein Grab mit Lilien drin vorkommen.

GISELA: Engela, hast du die schöne Geschichte vergessen vom Aschenbrödel und dem Baum auf der Mutter Grab?

Bäumlein, schüttel dich,
Bäumlein, rüttel dich,
Wirf Gold und Silber über mich!

Lilien waren auch auf dem Grab.

ENGELA: Ach ja! Keine Prinzessin hat noch einen verbrannten Fuß gehabt, mit dem sie hat nicht gehen können – und hat müssen auf dem verbrannten Rücken liegen!

GISELA: Die werden ihre Leiden auch nicht erzählt haben! Sie haben goldene Schuhe über den Fuß gezogen und Niemand sehen lassen, daß er ein wenig kleiner ist wie der andere, und über den Rücken haben sie die goldenen Haare gehängt ... Aber schweigen haben ihre Mägdlein müssen, Nichts verraten, sonst weinen die Prinzessinnen. Gute Nacht, du!

ENGELA: Ich vergeß mein Gebetlein nie mehr! Seit ichs die eine Nacht vergessen habe mit dem Glas Wasser! – Gute Nacht –

Sie geht hinaus in den Vorraum, in dem eine brennende Laterne von dem Balkenwerk herunterhängt; über der Treppe ist ein Fenster mit einer tiefen Nische ... Der Junggraf Heinz von Brauneck fliegt die Treppen hinauf, die letzten vier Stufen nimmt er auf einmal.

GRAF HEINZ: Engela, wie ist es jetzt, der Förster sagte mir, man wisse immer noch nicht –

ENGELA: Wie die Geschichte weitergeht, Herr Graf ...

GRAF HEINZ: Weil ich nicht wußte, wie es stände, hab ich dies mitgebracht.

ENGELA: Rosen und Früchte, Äpfel und ein Pfirsich!

GRAF HEINZ: Für Leben und Sterben. Wenn es Sterben hieße, die Rosen da – ganz naß vom Regen sind sie ... und wenn es Leben wäre ..., die Früchte. Den Pfirsich, den muß sie essen, es ist eine Schande, daß es nur einer ist! – Du Engela hast so viel Kinderlehre jetzt versäumt, so will ich dir ein wenig nachhelfen.

ENGELA: O die Prinzessin Gisela sorgt ganz schön für meine Kinderlehre.

GRAF HEINZ: Meine Tochter, rede nicht in die Unterweisung hinein! Sondern erkenne, daß es Jungherren und Jungfräulein immer geziemt, die Wahrheit zu reden. Vernimm die Geschichte von dem Pfirsich. Das Kinderlehr halten muß schwerer sein, als ich mir gedacht habe. Muß doch nicht gut genug aufgepaßt haben. Hochwürden hat mich einmal aus der Kinderlehre gejagt wegen ungebührlicher Scherze. So etwas tust du nie!

ENGELA: O nein, nie.

GRAF HEINZ: Ich wollte Pfirsiche haben für deine Prinzessin, und ganz recht, daß du sie so nennst: denn es ist Wahres daran, und du kannst dir etwas darauf einbilden, daß du es zuerst herausgefunden hast.

ENGELA: Alle Andern haben Hexe gerufen, ich nie. Prinzessin habe ich gesagt, wie ich mich einmal getraut habe, mit ihr zu reden.

GRAF HEINZ: Ich vergeß dirs auch nicht, Engela, deshalb hole ich auch versäumte Kinderlehren mit dir nach! Also Pfirsiche wollte ich, und das Schönste wäre gewesen, so über die obere Mauer hängen, einen Korb mit einem Strick ans Geländer binden und hinein mit den Pfirsichen! Aber da fällt mir gerade noch ein, der Gärtner, der einen Mordsstolz auf die Pfirsiche hat und sie auf die Tafel bringen will, könnte meinen, ein Gärtnerbursche habs getan und haut dem den Buckel voll. Und jetzt kommt die Moral oder Nutzanwendung. Wozu ist es nützlich, wenn man die Wahrheit redet? Oft, wenn man ein Geheimnis braucht und sagt die Wahrheit, so glauben es einem die Leute nicht und man hat die Sache erst recht versteckt. Aber diesmal gehts anders herum. Ich steh an der heißen Mauer und seh dem Gärtner zu, wie er anfängt die Pfirsiche herunter zu tun. Immer mit einem Aug auf mich! Mich kennt er schon lang und weiß, daß ich für die leiblichen Güter des Lebens bin. Dann sag ich – und denk, er glaubt mirs doch nicht, er meint, sowie ich ums Eck bin, eß ich ihn doch selbst: »Gib mir doch einen Pfirsich, ich will ihn einem schönen Fräulein bringen.« Und der sieht mich an, grinst und langt den schönsten herunter. Er muß es doch geglaubt haben, denn er hat von selbst mir den großen Rosenstrauß geschnitten. Mehr konnt ich auch nicht verlangen, denn seine Freud mit den Pfirsichen auf der Tafel wollte ihm deine Prinzessin gewiß nicht nehmen. Trags hinein, Engela, laß ein Ritzchen offen …

Engela trägt das Körbchen hinein.

GISELA: Rosen und Früchte! Regennasse Rosen! Wie ist das schön! Ich liebe den Regen und kann nicht hinausgehen zu ihm! da kommt er zu mir. Auf Rosen kommt er. Gib sie mir in meinen Arm, die Rosen! Ich dank ihm, o ich dank ihm. Immer das, was ich am liebsten möchte, bringt er mir. Immer das!

ENGELA: Es sei für Leben und Sterben, hat er gesagt!

GISELA: Für Leben und Sterben! Immer das, was mich tröstet, weiß er. – Kein Mensch kann so trösten.

ENGELA: Trösten?

GISELA: Trösten. Sieh mich an! Bin ich nicht – glückselig?

ENGELA: Man hört es auch, daß Ihr das seid! an der Stimme.

GISELA: Glückselig, das ist ein schönes Wort. Glückselig! Ein Wort wie regennasse Rosen, wie Leben und Sterben … Er hat mich getröstet, das heißt nun: Schönes Glück, seliges Sterben, das wünsch ich dir, das bring ich dir! Beides gleich schön. Du weißt nur nicht, was schöner ist: wart es ab, es wird kommen, wie es kommen muß, immer schön, immer gut! Sage ihm, daß ich ihm danke. Mach das

Ritzchen zu, dort ist ein Ritzchen offen. Gut Nacht, Engela, du sollst nicht mehr herein kommen, auch nicht lang mehr bei dem Junggrafen stehen …

Engela geht hinaus.
Der Junggraf sitzt am Fenster, auf dessen Brüstung er sich
hinaufgeschwungen hat, und schlingt seine Arme um das eiserne
Fensterkreuz. – Draußen rauscht der Regen.

ENGELA: Habt Ihr das gehört, das von Regen und Rosen …
GRAF HEINZ: Nein, Regen auf Rosen.
ENGELA: Ich darf nicht mehr hereinkommen und soll nicht lang mit
Euch reden.
GRAF HEINZ: Nicht lang mehr, aber kurz! Sind die Streifen an den
Händen, die jetzt die Rosen halten, heil …
ENGELA: Schon lange heil, aber man sieht sie noch, o sehr sieht man
sie noch!
GRAF HEINZ: Sag ihr, daß es Perlenarmbänder gebe.
ENGELA: Ich glaube nicht, daß sie die will – sie sagt, deren schäme
sie sich vor Gott und Menschen nicht.
GRAF HEINZ: War nicht eine Hand schlimmer wie die andere –
ENGELA: Die Rechte, wo der Knoten von den Stricken war. O ich
fürchte mich, Eure Augen geben einen Schein im Dunkeln.
GRAF HEINZ: Ist nicht gut daran zu denken – an so feine vertrauende
Hände und Stricke darum – Engela, geh zu Bett. Sei froh an den
Geistern, die du hier hast, im Schloß Brauneck da gehen Geister!
Das Blut in den Adern machen die erstarren. Ein Mägdlein soll
man sehen, schöneres habe es nie gegeben, mit zusammengebunde-
nen Händen, und einen Schrei soll man hören dort wie von der
süßesten Stimme der Welt, die immer noch schön wäre und wenn
es klänge wie zerrissene Saiten. Immer auch die Saiten noch von
Gold. Immer auch der schrille Klang von goldenen Saiten, und
dann klängen sie aus – in einen Hauch von Weh, als sängen alle
Nachtigallen und Schwäne ihr Leid, ehe sie sterben … Geh jetzt,

Engela, ich muß auf den Regen horchen ... Also keine Perlen-Armbänder! Sie will keine, sie braucht keine, sie bekommt keine. Ich sterbe noch als reicher Mann –

ENGELA: Goldene Schuhe. *Sie geht.*

GRAF HEINZ: Gute Nacht! Goldene Schuhe? Warum goldene Schuhe! Wenn sie keine Perlen-Armbänder will! Soll sie haben, die goldenen Schuhe! Wenn es die gibt; aber warum goldene Schuhe? Daß man leben muß in Geisterschlössern! Wer sagt müssen! Man könnte den alten Herrn bei seinen Geistern lassen! Die könnten ihm Geschichten erzählen von weißen Mägdlein mit so vertrauenden Händen, um die rote Streifen gehen, und von einem Narren von Sohn, den er einmal gehabt. Viel sei nicht an dem Narren gewesen, er hatt aber nur den einen, so wars eben besser wie gar keiner. Möchte wohl wissen, wie lang ers aushielte mit der Geister-Kumpanei. Ist ihm jetzt schon nimmer ganz wohl! Aber immer noch viel zu wohl als für seine alte Seel gut ist.

Der Förster kommt die Treppe herauf.

FÖRSTER: Ach junger Herr, so im Düstern sitzen, kommt doch herunter in die Erkerstube.

GRAF HEINZ: Ganz schön im Dunkeln da. Hör den Regen gerne rauschen, den Nachtwind um alte Türme schweifen. Man könnt eine Musik daraus machen, mit Allem, was es gibt, mit Violinen, mit Kontrabässen – und dazwischen ein Ton von goldenen Harfensaiten! Wie Nachtigallen, die sterben. Förster, sagt mir, warum goldene Schuhe?

FÖRSTER: Wer will goldene Schuhe? Die Junggräfin nicht, braucht noch lang keine Schuhe, keine goldenen und keine anderen.

GRAF HEINZ: O warum keine goldenen Schuhe und keine andern?

FÖRSTER: Ich habe gehört, wenn ein Fräulein den Wunsch hätte, daß nicht geredet würde, so solle man sie schweigen lassen.

GRAF HEINZ: Ein alter Kavalier muß immer einen jungen unterweisen.

FÖRSTER: Kavalier! Das Fräulein Gisela meint, ich solle Euch fragen, ob es das gäbe, das ewige Brot?

GRAF HEINZ: Das ewige Brot?

FÖRSTER: Man gibt einen Laib Brot her und hat doch immer wieder einen! Und Niemand brauchte dafür zu danken!

GRAF HEINZ: Das ewige Brot! Und Niemand soll danken? Soll sie haben, ihr ewiges Brot. Wird einen netten Tanz geben mit dem alten Herren, macht nichts, ich hab ja seine Schrift.

FÖRSTER: Schon seine Schrift. Und für das ewige Brot! Das geht aber schnell.

GRAF HEINZ: Seine Schrift. Und nicht mit geringem Papier und Tintenwerk. Nein fein, wie man so etwas haben muß. Mit roter Schrift auf blütenweißem Grund. Kein Lilienblatt ist so weiß, kein Mohnblatt ist so rot.

FÖRSTER: Ihr redet grauslich, so als sollt es eine Unterschrift geben wie mit Blut, wie sie der Teufel verlangt, wenns um Seelen geht.

GRAF HEINZ: Geht auch um Seelen. Kein Teufel hat dabei Etwas zu tun. Zwei Engel oder einer. Mit dem Laib Brot, das wird wohl der Engel Leiden sein, mit dem sie immer redet bei Nacht – der andere, das ist ein besonderer Engel, wie sie da droben gar keinen haben und wohl gern einen hätten, mit roten Streifen an den Händen, die so gerne geben möchten und keinen Dank dafür nehmen. Goldene Schuhe will er und bekommt keine, weil er sie nicht braucht … denn es wachsen ihm ja Flügel. Schöne, herrliche, weiße Flügel wachsen ihm; ich will schnell die Schrift aufsetzen, ehe er die aufhebt und davonfliegt und wir ihm mit offenen Mäulern ins Blaue nachgucken. Ich geh mit Euch hinunter und schreib es, ich bin gleich fertig. Dann bringt Ihr die Schrift der Gräfin Gisela morgen früh hinauf, aber Ihr selbst und sagt ihr: Es schicke ihr der getreue Narr zur Morgengabe – das ewige Brot.

Am andern Morgen.

FÖRSTER: Guten Morgen, Gräfin Gisela. Ist eine rechte Sturmnacht gewesen. Soll Euch dieses bringen zur Morgengabe ... Die Unterschrift besorgt der Jung-Graf heute ... *Er geht wieder ab.*

GISELA *entfaltet ein Pergament*: Ein Schriftstück ... was ist das? *Sie liest.* So stifte ich, Heinz von Brauneck, zum ewigen Angedenken an die Nacht vom 26. September 1672, in der mir am Kreuzweg zwischen Sommerberg und Schloß Schweigen ein Engel begegnet und mit mir aus ehernem Kelche vom Waldbrünnlein trank, 200 Golddublonen aus meiner Mutter Brautschatz. Das Geld soll auf Zinsen gelegt und aus dem Zins Korn gekauft und daraus jede Woche 30 Laibe Brot gebacken werden. Und soll diese Stiftung bleiben auf ewige Zeit. Und soll das Brot verteilt werden an arme gebrechliche und alte Weiblein und soll am Jahrestag gedacht werden des Engels, der mit dem Grafen Heinz von Brauneck aus ehernem Kelche vom Waldbrünnlein trank ...

GISELA: Das ewige Brot! *Sie erhebt sich ein wenig und schaut hinaus zum Fenster, von wo sie ein Stückchen Feld sehen kann, es geht der Sämann darüber, hell leuchtet sein Samensäcklein herauf vom Tal ... Dann flüstert sie:* Wirf aus dein Samenkorn, du Sämann! Wirf es aus über das heilige Land. Ihr Winde Gottes, weht mit sanftem Flügel über die dunkle Erde, die das Samenkorn verbirgt. Du weißer, feiner, weicher Schnee, bedecke die grünen Kindlein, daß sie nicht frieren. Du liebe Sonne, lüfte mit goldenen Händen die Decke, wenn die Kindlein ausgeschlafen haben. Ihr Lerchen, steigt auf aus dem Feld und lobet den Vater, der die Witwen und Waisen nicht vergißt und die kleinen Vöglein mit frohen Stimmen gesegnet. O komm linde herab vom silbernen Mond, du Nachttau, und tränke die durstigen Gräslein, daß sie schlank in die Höhe sprießen und stark werden und stolz ihr goldenes Krönlein tragen. Ihr Kornblumen, schmücket das Gottesfeld mit blauem Rande, und zeigt den gesenkten Ähren im Spiegel den blauen Himmel, daraus ihr erstes Körnlein fiel. Kleines Mäuslein, geh heraus aus dem Acker, und such dir deine Nahrung dort, wo nicht der Armen Brot wächst. Und wenn die bleigrauen Wolkenberge mit weißem Rande emporsteigen, so neigt euch hernieder, ihr Engel, und umstellt mit weißen Flügeln das Feld, daß kein Hagel es treffe. Ihr silbernen Tropfen im dichten Fall, o beugt mir die Halme nicht zum Grund, daß der goldene Segen nicht verderbe, und es werde das Brot der Armen. – Und wenn die Schnitter mit starken Armen die Sichel schwingen, so sende du, Vater, der du machest Winde zu Boten und Feuerflammen zu deinen Dienern, ein kühles Lüftchen über die heißen Stirnen und behüte sie alle, daß kein Sonnenpfeil sie treffe. Und nun kommt und holt es euch, das Brot! Ihr Müden, ihr Alten, du Witwe mit dem Sorgengesicht, du armes Mägdelein, das Leiden gezeichnet, kommt durch Sommer, durch Winter hindurch, durch gute Jahre, durch böse Jahre. Ich sah euch kommen, ein langer Zug durch Jahrhunderte hindurch geht er schon … Mein Leib ist dann lange in Staub zerfallen, Niemand weiß mehr etwas von der Hexe. Nehmt und holt es euch, das Brot, das die Liebe euch gab. Und du, Großmutter, schneid es an für das Enkelkind.